LES GÉMISSEMENTS

PAR

Edouard BRICON

PARIS

IMPRIMERIE MOQUET

11, RUE DES FOSSÉS-SAINT-JACQUES, 11

1876

LE JOUR DE MA FÊTE (1832).* (1)

Est-ce une insulte? Est-ce un hommage?
Pourquoi me couronner de fleurs?
Donnez au cœur que bat l'orage
Une prière et quelques pleurs!

Que j'aimais autrefois l'aurore de ma fête!
Et d'encens et de fleurs je parfumais ma tête;
Mon âme plus tranquille avait plus de gaîté;
Mes amis s'enivraient de ma félicité!
Heureux, je bénissais l'instant de ma naissance.
Dieu prenait mon bonheur pour ma reconnaissance.

Ah! soyez à jamais ce que je fus un jour!
A la vie, au bonheur, moi je meurs sans retour!
Je meurs... Venez, venez et donnez à ma tombe
Cette rose qui naît, que l'on cueille et qui tombe,
Qui, pour un jour encor, renaît sur votre sein;
Ces fleurs qui, comme moi, ne seront plus demain!
Je ne puis plus chanter! les Parques de ma vie
N'accordent plus qu'une heure à sa mélancolie.
Une heure pour aimer! une heure pour mourir!
Mais pourquoi cette larme et ce nouveau désir?
Tout ce qui passe est court. Qu'importe qu'à l'aurore
Je touche à mon couchant, ou que longtemps encore,

(1) Les pièces marquées d'un astérisque sont des réimpresions.

39378

Inutile fardeau, je fatigue les jours?
Je passe pour aller où l'on est pour toujours.

Est-ce une insulte? Est-ce un hommage?
Pourquoi me couronner de fleurs?
Donnez au cœur que bat l'orage
Une prière et quelques pleurs !

L'EXPROPRIATION.

Ils m'ont chassé de ma chaumière,
Ils ont abrégé mon destin,
En me privant de la lumière,
Des fruits, des fleurs de mon jardin!
Vous prenez, m'ont-ils dit, la place d'une rue,
D'un savant parvenu vos murs masquent la vue;
Allez! Voici de l'or. Vous aurez aux marchés
Des arbres vigoureux, fraîchement arrachés,
Qui produiront des fruits, plantés en bonne terre;
Vous aurez mille fleurs dans un nouveau parterre.
Mais ils ne m'ont pas dit que mes jours sont comptés;
Que mes tendres rameaux, mes arbres indomptés
Étaient les chers objets de mes longues études;

Que je suis déjà vieux pour d'autres habitudes ;
Que l'or qu'on offre aux Dieux pour un peu de bon-
[heur.
N'a jamais effacé les souvenirs du cœur,
    Ils m'ont chassé de ma chaumière,
    Ils ont abrégé mon destin,
    En me privant de la lumière,
    Des fruits, des fleurs de mon jardin !

LE PARDON.

Dans un jour de fureur qui touchait au délire,
Me modelant sur vous, j'ai failli vous maudire.
Mais élevant alors mes regards sur la croix,
Entre aimer ou haïr j'ai fait un heureux choix :
Brisé par la douleur et l'œil encore humide,
Le tigre n'était plus qu'un pauvre agneau timide.
J'espère ! si du ciel j'étais abandonné,
Le mal que l'on m'a fait, l'aurais-je pardonné ?
Indulgent par nature, armé pour la vengeance,
Un mot de repentir de qui me vient l'offense
Et je me laisse alors aisément désarmer,
Car je suis malheureux si je cesse d'aimer.

DERNIERS INSTANTS DE MA MÈRE,

MORTE A 93 ANS.

Elle n'entendait pas, elle ne voyait plus ;
Sous le poids de ses jours, calme par ses vertus,
Sa main sur ses enfants, heureuse d'être mère,
Reconnaissant encor moi, ma sœur et mon frère,
Nos baisers et nos pleurs semblaient la ranimer :
« Je veux... je veux, enfants, vivre pour vous aimer ! »
Et voulant, par bonté, nous cacher ses alarmes,
De ses tremblantes mains elle essuyait ses larmes.
Sur son cœur, d'un rosaire elle pressait la croix,
En prononçant tout bas le nom du roi des rois.
Ensuite une prière, un soupir d'espérance,
Puis un nouveau soupir, et l'éternel silence.
Un siècle pour l'aimer, Seigneur, était-ce assez ?
Comme un seul jour, hélas ! ses longs jours sont
                                        [passés !
Ce qui ne passe pas, c'est la douleur amère
Qui naît au fond du cœur à la mort d'une mère.
Ah ! que ne puis-je encor, par des soins assidus,
Aujourd'hui, de ma mère honorer les vertus !
Son tendre amour pour moi datait de ma naissance,
Et ma leçon d'honneur fut sa longue existence.

Du temps que n'ai-je pu, par un suprême effort,
Mettre à l'ancre l'esquif dans des flots loin du port !
Elle a vécu..... les pleurs, les vœux et la prière
Ne peuvent des mortels ranimer la poussière.
Adieu, mère chérie ! ici tout vit un jour :
Il n'est rien d'éternel que le ciel et l'amour !

LES MORTS A PARIS.

Deux coursiers vigoureux, mais avec art domptés,
Sombres comme la nuit, traînent, à pas comptés,
Un char sombre comme eux que pourtant, dans la
                                      [rue,
Tout ce qui l'aperçoit avec respect salue.
On le suit en pleurant : c'est le char de la mort,
Nacelle des humains qui les conduit au port.
Au son d'un glas funèbre, on frémit, on frissonne !
D'un juge inexorable est-ce la voix qui tonne ?
Sur le portail en deuil un voile est rabattu,
Et d'un funèbre drap le temple est revêtu ;
Les dalles et l'autel, dans un sombre silence,
Du jour qui brille ailleurs semblent pleurer l'absence.
Mais le peuple bientôt, dans ses fervents transports,
Gémira dans son cœur au souvenir des morts.

Puis il ira finir son ardente prière
A l'ombre du cyprès qui croît au cimetière
Où sa pieuse main vient, à chaque saison,
Orner de quelques fleurs un modeste gazon.
S'il sait que Dieu punit, il sait que Dieu pardonne;
Et quand d'une immortelle il fait une couronne,
C'est pour le cœur aimé, pour le front radieux
Que sa saine raison lui montre dans les cieux.
Peuple, garde ta foi! la foi c'est l'espérance;
Un baume qui de l'âme apaise la souffrance;
Le céleste rayon d'un beau jour attendu
Qui fait qu'on aime encor tout ce qu'on a perdu.

A MON CONDISCIPLE ET AMI

G. PAUTHIER (1872.)* (1)

Nous avons, cher Pauthier, à peu près le même âge.
Pour un monde meilleur quand tu seras parti,
Je ferai mon paquet pour le même voyage,
Et sans trop murmurer j'en prendrai mon parti.
J'ai déjà de longs jours; tous mes cheveux blan-
[chissent;

De mes meilleures dents j'ai perdu la moitié;
Ma fraîcheur disparaît, mes regards s'affaiblissent,
Et le temps, en détail, m'emporte sans pitié.
L'homme sent, le cœur aime aux jours d'adolescence;
C'est alors que la vie apparaît comme un bien.
On redoute la mort tant qu'on a l'espérance :
Moi, je n'espère plus et ne redoute rien !
Si je ne trouve pas au delà de la vie
La chimère qu'ici l'on nomme le bonheur,
Dont j'ai cent fois perdu la trace en vain suivie,
J'y trouverai du moins un terme à la douleur.

(1) Mort hélas !

A MON FILS MALADE ET EXILÉ.

(1874.) *

Je te cherche en vain dans la plaine,
Pour t'embrasser et te bénir :
Enfant, de la plage lointaine
Comment pourras-tu revenir?
La foudre menaçait ma tête (1)

(1) A Paris, pendant tout le temps de nos désastres, l'airain
a souvent tonné sur moi.

Et l'orage est tombé sur toi.
Pour échapper à la tempête,
Que n'es-tu resté près de moi!

Si l'on te rend à ma tendresse,
Pour que ta main sèche mes pleurs,
Au souvenir de ma tristesse,
Tu gémiras sur tes erreurs.
Un bon pasteur rendra peut-être,
Meurtris mais enfin rassurés,
Au bercail qui les a vus naître,
Les pauvres agneaux égarés.

A PIERRE LAURENTIE,

APRÈS GUÉRISON (1874.)*

Vous m'avez exaucé, Dieu puissant que j'adore!
Parmi nous tu vivras, ami, longtemps encore.
Déjà l'air retentit des accents de ta foi;
Tu t'armes de nouveau pour ton Dieu, pour ton roi.
Cinquante ans de combats et cinquante ans de gloire
Ont buriné ton nom au temple de mémoire;
Que peux-tu désirer? oui, si tu le voulais,

Couvert par tes lauriers, tu pourrais vivre en paix.
Moi qui n'ai plus l'ardeur de la foi qui t'inspire,
Ton Dieu, je l'aime encore; et ton roi, je l'admire.
En des chemins divers, quand le guide est l'honneur,
On ne cesse jamais d'être uni par le cœur.

SA RÉPONSE.

Ne me crois pas épris de ce vain mot de gloire!
Mes autels ne sont pas au *temple de mémoire*.
Il est un livre au ciel, livre où sont consacrés
Les noms des vertueux, de la gloire ignorés;
Laisse-moi ne songer qu'à ce livre de vie
Où rayonne toute âme au sein de Dieu ravie.
Le bruit que fait un nom en glissant dans les airs
Est un souffle mouvant parmi cent bruits divers.
La gloire n'est qu'au ciel. Et là c'est Dieu lui-même
Qui se plaît à parer d'un égal diadème
Le front des plus petits comme des plus puissants,
Si tous aux saintes lois furent obéissants.
Toi-même sur ces lois règle ta fantaisie,
Poète! et que du ciel coule ta poésie!

Tu veux que tous les cœurs ici-bas soient unis,
Chasse l'opinion qui les fait ennemis.
L'amour naît de la foi, chaîne mystérieuse
Qui joint la terre au ciel et les hommes entre eux.

Donc aux mêmes autels portons les mêmes vœux
Et tu pourras chanter l'unité radieuse
    Qui s'achève au bonheur des cieux.

ADIEUX A LA PATRIE (1875.*)

O liberté! pour toi j'ai fait le sacrifice
De l'espoir de mes jours, de mes plus doux pen-
                       [chants,
Ton règne était pour moi celui de la justice,
Le triomphe du bien, la terreur des méchants.
Rome, Sparte et Carthage offraient à ma mémoire
Des tableaux sans couleur quand je les comparais
Au bonheur ineffable, aux vertus, à la gloire
    Que tu nous préparais!
. . . .

Mais les tristes mortels, à leur destin contraires,
Ont cent fois en ton nom, par amour, par effroi,
Renversé, relevé les mobiles barrières
    Qu'on dresse devant toi !

    Je fuis les loups aux dents cruelles,
    Je fuis les stupides agneaux,
    Je fuis la terre où des rebelles
    Érigent des pouvoirs nouveaux ;
    Où l'honneur, en butte à l'injure,
    Est trop souvent mésestimé,
    Où le triomphe du parjure
    Est aisément légitimé.

Je fuis le sol fécond d'alarmes,
De sang et de pleurs humecté,
Où les partis forgent des armes,
Ou des fers pour la liberté;
Où des vainqueurs inexorables
Ont des châtiments éternels
Pour les vaincus qu'ils croient coupables
Envers les dieux de leurs autels!

Mais cette terre est ma patrie,
Je la quitte en versant des pleurs!
Adieu, terre encore chérie!
Tu vois mes dernières douleurs.
Si la mort, qui déjà s'avance,
Me saisit loin de mon berceau,
Je veux, au lieu de m naissance,
Une place pour mon tombeau!

Errant sur la terre étrangère,
Moins courbé sous le poids des ans
Que sous celui de ma misère,
Voici le dernier de mes chants!
Plus de chants de douce allégresse,
Plus de chants d'amour puéril,
Plus de chants même de tristesse;
On ne chante pas en exil!

ADIEUX A PARIS (1875.*)

Un demi-siècle d'espérance,
Un demi-siècle de labeur,
Depuis qu'à mon adolescence
Ici j'ai cherché le bonheur.
A toi fut mon salut d'aurore,
Qu'à toi soit mon dernier soupir!
Je t'aimais et je t'aime encore,
Et loin de toi je dois mourir!

Le temps, des travaux salutaires,
En souriant à tous mes vœux,
Où régnaient des destins contraires
Ont placé des destins heureux.
Mais je savais que la fleur tombe,
Que tout passe et tout doit finir;
Ici j'avais marqué ma tombe,
Et loin de toi je dois mourir!

J'entends une voix qui m'appelle,
Voix du cœur qui parle à l'amour;
Le devoir me rapprochant d'elle
M'éloigne de toi sans retour.
A quoi sert ici la prière?
Les dieux n'y savent que punir.
Pour qu'un fils ferme ma paupière,
Oui, loin de toi je dois mourir!

Courte joie et douleur constante
Sont les héritages du cœur,
Et les jours passent dans l'attente
D'un insaisissable bonheur.
Près de ma fin, ville chérie,
En te quittant pourquoi gémir?
Quand le ciel devient la patrie,
Ah! qu'importe où l'on doit mourir!

Enfant, ayons même espérance!
Des flots de nectar et de miel
Seront un jour la récompense
Des abreuvés de même fiel.
Quand la mort aura sur ma bouche
Étouffé mon dernier soupir,
Pardonne, en pleurant sur ma couche,
A ceux qui m'auront fait mourir!

A LA MÉMOIRE

DE PIERRE LAURENTIE (1).

Février 1876.

Le trône était souillé. Pour effacer le crime
C'est au trône que Dieu fit choix d'une victime.
Le sang du Roi coulait sur les forfaits des rois

(1) Né le 21 janvier 1793.

Quand naquit un enfant pour défendre leurs droits;
Une tombe, un berceau s'élevaient à même heure!
Maintenant l'un et l'autre ont la même demeure:
L'inexorable mort a brisé le flambeau
Dont la flamme des rois éclairait le tombeau.

Le temps, dans sa marche constante,
De mon cœur a tout emporté;
Et je reste seul dans l'attente
Du soleil de l'éternité.
Ceux que pour moi rien ne remplace
Me sont-ils ravis sans retour?
Dieu n'a-t-il pas marqué ma place
Près des trésors de mon amour?

La terre a d'innocentes flammes
Que la mort éteint dans nos cœurs;
Mais le ciel garde pour nos âmes
Le feu de nos chastes ardeurs.
Lorsque le trépas nous convie,
Pourquoi serions-nous abattus?
Aimer toujours dans l'autre vie
Sera le prix de nos vertus.

Dans la douleur ou dans la joie,
Nous marchons, sans compter nos pas,
Vers la borne de notre voie
Où nous attend le noir trépas.
A l'heure incertaine et funeste

Où nous devons subir sa loi,
L'homme est saisi, mais le nom reste
Quand on a vécu comme toi.

Près du Dieu créateur, qui détruit ou conserve,
Connais-tu les destins que ce Dieu nous réserve?
Le principe et les lois des vieux temps s'écroulant,
Serons-nous submergés par un torrent sanglant?

Des saints ayant au front l'auréole de gloire,
Je t'ai vu dans un songe empreint dans ma mémoire,
Dans la cité céleste assis entre deux Rois.
L'un (1) te montrait du Christ la couronne et la
[croix ;
L'autre (2) un sombre échafaud, un testament sublime,
Monument éternel d'un pardon de victime.
Et toi tu redisais, faible écho d'un saint lieu :
« Gloire à Dieu! gloire à Dieu! «
O mon meilleur ami, tu n'es plus ! quel silence...
Quelle profonde nuit .. quel vide dans mon cœur!
Ta perte sur la terre est ma grande douleur;
Te retrouver au ciel ma plus douce espérance !

DEUXIÈME A MON FILS.

(Mars 1876.)

La justice s'éclaire. On commence à comprendre

(1) Saint Louis.
(2) Louis XVI.

Ce que doit le pays à qui sut le défendre. —
Sous les tentes d'un camp, des heures sans sommeil,
Ou l'annonce au clairon d'un combat au réveil;
Le froid et mal vêtu, la faim sans nourriture,
C'était trop, cher enfant, pour ta faible nature (1).
Depuis, suivant toujours la raison de ton cœur (2),
D'un ami trop ardent tu partageas l'erreur.

Par ta faute exilé, pauvre jeune incurable,
Cette faute d'enfant est-elle impardonnable?
Depuis cinq ans les pleurs obscurcissent mes yeux;
Depuis cinq ans, pour toi, j'importune les cieux;
Ils n'ont pas entendu la voix qui les implore :
L'entendront-ils un jour? ah! je l'espère encore !
Ce que le repentir n'obtiendrait pas pour toi,
En voyant ma douleur on le fera pour moi.
L'honneur, quelques bienfaits d'une longue exis-
[tence,
Me semblent mériter un acte de clémence.

(1) Paul Bricon faisait partie du 12e bataillon de mobiles,
commandant Baroche. Il a été à Chalons, à Saint-Maur, à
Aubervilliers et à Saint-Denis, où il a contracté une fièvre ty-
phoïde qui l'a mis à deux doigts de la mort, et dont les suites
sont incurables.

(2) Le cœur a ses raisons que la raison ne connaît pas.
(Pascal.)